E SE, PORCO?

Linzie Hunter

Tradução de Paula Di Carvalho

Copyright © 2016 by Linzie Hunter.
Copyright de tradução © 2022 por Casa dos Livros Editora LTDA.
Título original: What If, Pig?

Todos os direitos desta publicação são reservados à Casa dos Livros Editora LTDA. Nenhuma parte desta obra pode ser apropriada e estocada em sistema de banco de dados ou processo similar, em qualquer forma ou meio, seja eletrônico, de fotocópia, gravação etc., sem a permissão do detentor do copyright.

DIRETORA EDITORIAL: Raquel Cozer
GERENTE EDITORIAL: Alice Mello
EDITORA: Lara Berruezo
EDITORAS ASSISTENTES: Anna Clara Gonçalves e Camila Carneiro
ASSISTÊNCIA EDITORIAL: Yasmin Montebello
ADAPTAÇÃO DE CAPA E MIOLO: Julio Moreira | Equatorium Design
DESIGN: Linzie Hunter e Chelsea C. Donaldson

DADOS INTERNACIONAIS DE CATALOGAÇÃO NA PUBLICAÇÃO (CIP)
(CÂMARA BRASILEIRA DO LIVRO, SP, BRASIL)

Hunter, Linzie
  E se, porco? / Linzie Hunter ; tradução de Paula Di Carvalho. — Rio de Janeiro : HarperKids : Leiturinha, 2022.

  Título original: What if, pig?
  ISBN 978-65-5980-031-5

  1. Literatura infantojuvenil I. Título
22-116058   CDD-028.5

Os pontos de vista desta obra são de responsabilidade de seu autor, não refletindo necessariamente a posição da HarperKids, da HarperCollins Brasil, da HarperCollins Publishers ou de sua equipe editorial.

Este livro foi impresso em parceria com a Leiturinha.
HarperKids é uma marca licenciada à Casa dos Livros Editora LTDA.

Rua da Quitanda, 86, sala 218 — Centro
Rio de Janeiro, RJ — CEP 20091-005
Tel.: (21) 3175-1030
www.harpercollins.com.br

E se você tivesse um amigo como o Porco?

E se ele fosse o porco mais legal que você já conheceu?

E se ele fosse incrivelmente **GENTIL,**

E se você achasse que era muito sortudo por ter um amigo como o Porco?

Era assim que o Rato se sentia.

COISAS PARA A FESTA

☑ decoração

☐ petiscos em palitos
NADA DE SALSICHAS

☑ chapéus

☐ bolo ~~ou~~ E rosquinhas

☑ convites LINDOS

☐ música

☐ jogos + PRÊMIOS

A festa do Porco com certeza seria o assunto da cidade.

Professor Panqueca

Boris

Pogi

Satomi

Lotta

Mas e se o Porco tivesse um **Segredo?**

O porco era um TREMENDO PREOCUPADO.

ANSIOSO pra CHUCHU!

UM BAITA de um AGONIADO.

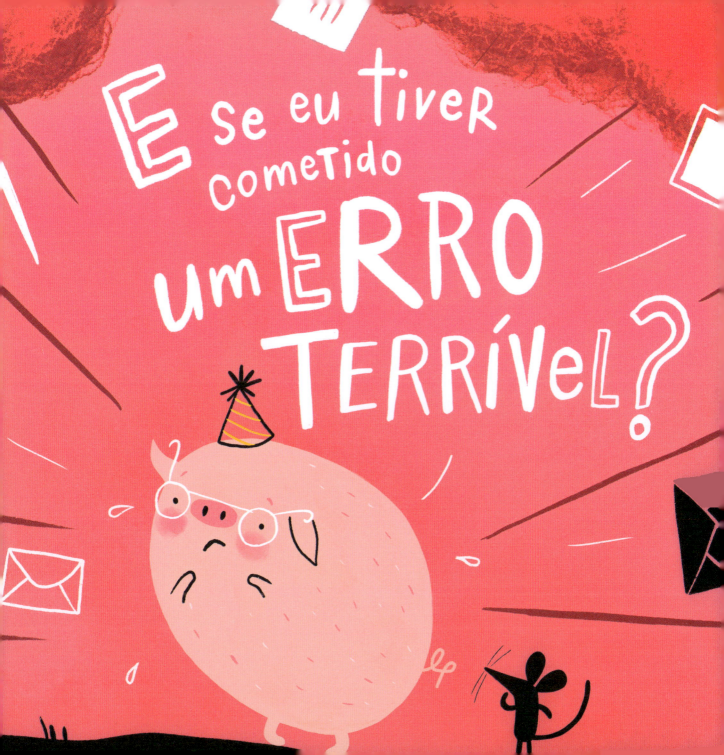

e achar tudo **HORRÍVEL?**

Na festa do Trevor tinha uma fonte de chocolate.

E uma escultura de gelo.

E se... ninguém gostar de mim de verdade?

Já sei...
E se eu Cancelar a Festa...

E dizer a todos que estou doente,

dormir

e nunca mais sair de casa?

E se a gente sair para dar uma voltinha?

Rato,

e se eu

me

sent

triste

para

sempre ?

Não se preocupa, Porco...

Rato,
e se eu tiver os amigos mais
gentis, mais generosos

e divertidos que um porco poderia ter?